AF402525

EPÍTRE

AU DIRECTEUR CARNOT,

SUIVIE

DE QUELQUES-UNES

DE SES POÉSIES FUGITIVES,

Et précédée de notes historiques sur les sociétés des ROSATI.

A PARIS;

Chez les marchands de nouveautés.

1797.

INVOCATION.

Venez, Bacchus, Amours, illusions légères,
Du [illegible] vie embelli[illegible]yeux [illegible]
Venez réaliser des biens imaginaires,
Et sur des maux réels étendre vos bandeaux,

CARN** (1787.)

NOTES essentielles pour l'intelligence de l'Épitre suivante.

(*a*) Le citoyen Carnot était en 1787 capitaine au corps royal du génie, Rosati d'Arras, de l'académie de Dijon et autres.

(*b*) On prétend que c'est aux plans du citoyen Carnot que sont dûs les succès de nos armes. Voyez les couplets du Rosati Lant..... au citoyen Carnot, en lui envoyant son diplôme de Rosati de Paris.

(*c*) Le Valmuse est une terre auprès de Douay, que M. de Wavrechin donna à M. Roman, dans sa terre de Brunellemont, et dans laquelle ce dernier fonda une société anacréontique, qui prit le nom de Valmusiens, et à laquelle les Rosati d'Arras furent associés.

(*d*) Les ROSATI d'Arras nommaient *berceau de roses* le lieu de leurs séances, qui n'avaient lieu que l'été, sous un berceau : les femmes n'y étaient point admises, les Rosati ayant pour objet la gaîté, la liberté la plus entière, sans indécence. Les Rosati les plus connus étaient MM. Roman, Legay, Carnot, de Champmorin, Sylva, Dumény, Dubois de Fosseux, d'Aub......, Cot, de R......, avocat général, l'abbé Berthe, Desr......, le comte de la Roquemont, Vaugrenant, F.... de R......, Harduin, D... Moirc... *de Lille*, Foa.... de R***, Ducray-Duminil, Mad. *Ch.....*, etc. etc. ils n'avaient que des associées étrangères.

Les *Rosati* de Paris nomment aussi *Eden*, ou *bosquet de roses*, la salle de leurs séances, qui ont lieu chaque primidi, et sont agréablement mêlées de concerts et de lectures anacréontiques. On compte parmi eux des littérateurs distingués, entr'autres MM. *Demoustier*, *Malot*, *Piis*, *Favart* fils, Feu l'abbé *Lemonnier*.--- Desforges, Léger, Sélis, Roger, Barré, Pain, Gattré, Miger, Lesur, Lefranc, *Mercier de Compiègne*, Lautignac, etc. etc.

(*e*) Les *Valmusiens* et *Valmusiennes* se nommaient aussi *Bocagers* et *Bocagères*, parce que chacun d'eux avait dans le *Valmuse* un arbre qui lui était dédié. La Botanique était leur plus chère occupation. La danse, l'escarpolette, la poésie légère et les exercices champêtres remplissaient leurs doux et innocens loisirs.

(*f*) Voyez page 10 de ce volume les couplets du citoyen Carnot, intitulés : *Je ne veux pas*, et ses chansons bachiques, pages 22 *et* 24

Nota. Ses autres poësies sont tirées de plusieurs Journaux anciens et Almanachs des Muses, et par conséquent, la propriété de tout le monde.

Nous devons à la vérité, de dire que ces pièces sont ici imprimées sans l'aveu de leur auteur.

EPITRE

DES ROSATI DE PARIS,

Au citoyen CARNOT, Rosati d'Arras,
et membre du Directoire, en lui envoyant
son diplôme de Rosati de Paris.

A LA troupe très-pacifique
De quelques ROSATI gaillards,
Il sied mal, et c'est sans réplique,
De troubler par une supplique
Dont le but n'est pas politique,
Les travaux du Mentor de Mars.
Mais aussi, pourquoi Polymnie,
Sous un double titre au génie, (a)
T'offre t'elle aux amis des arts ?
Tandis que ta prudence active
Hâte le moment où l'olive
Va consoler tous les Français ; (b)
D'Anacréon pourquoi la muse
Parmi les bergers du Valmuse, (c)
A-t-elle imprimé tes succès ?
Pourquoi toutes les belles choses
Que tu fis au bosquet des roses, (d)
Ont-elles trahi tes secrets ?
Nous, ROSATI, nouveaux confrères
De vos aimables bocagères, (e)

De LE GAY lisant le recueil, (*)
Comme vous, de la rose apôtres,
A mêler vos grands noms aux nôtres,
Nous sentons un tantet d'orgueil.
Envain tu voudrais t'en défendre;
A soi l'homme public n'est plus,
En lui chacun a droit de prendre
Une part de ses attributs:
Or, à la muse de l'histoire,
Aux peintres hardis des combats,
Laissant l'homme du Directoire,
Car chez nous on ne se bat pas,
(Si ce n'est par fois de la plume
Pour avoir au Pinde le pas,)
Nous voulons l'auteur d'un volume
Où l'on voit les JE NE VEUX PAS. (f)

Nous le savons, tu ne peux croire
Qu'en assistant à nos banqu***,
Tu dérogerais à ta gloire;
Chaulieu, d'érotique mémoire,
Fut grand par de petits couplets.
Sur son Parnasse (*) Titon range

(*) Les différens couplets du citoyen Carnot et autres Rosati d'Arras, sont insérés dans un recueil des œuvres de M. LEGAY, intitulées : *Mes Souvenirs*. 2 vol. *in*-18. fig. 1788. jolie édition.

(*) Le Parnasse français, exécuté en bronze, par Titon-Dutillet, à la bibliothèque nationale.

Auprès du Voltaire romain,
Lafare, Gresset et Coulange,
Et Marot auprès de Lucain.
Le grand Mécènes près d'Horace,
Troquait sa pénible grandeur,
En sablant le vin vieux de Thrace,
Contre les roses du bonheur.
Toi, déjà grand par la science
De vaincre et de donner la paix,
Sont-ce des vers pleins d'élégance
Qui te rabaisseront jamais ?
Aimer, boire, chanter et rire,
Est-il triomphe plus touchant ?
Ah ! vive ce charmant délire !
L'homme joyeux n'est point méchant.

Aux lauriers que Pallas t'aprête,
A ses fleurons majestueux
Préfère la simple fleurette
Qui paye un vers voluptueux.
Plus d'une Belle se dispose
À t'offrir, après ta chanson,
Le myrthe et la fleur demi-close
Dont s'ombrageait Anacréon.
D'un vin qui rit dans la fougère
Viens humer la mousse légère,
En chantant un hymne à Bacchus ;
Et sur le front d'une Rosière
Prendre un baiser, tel qu'à sa mère
En donne le fils de Vénus.

A 4

Ah ! tu les regrettes peut-être
Ces jours où d'innocens plaisirs
Enivraient à l'abri d'un hêtre,
Tes longues heures de loisirs.
Console-toi par l'espérance
D'être bientôt libre des soins
Qu'à ton zèle impose la France
Dont tu connais tous les besoins.
Après avoir tout fait pour elle
De toi même tu jouiras,
Aux arts, aux doux plaisirs fidèle,
Dans nos bosquets tu reviendras.
En attendant, chez nous fais lire
Ces versiculets que t'inspire
Un cœur franc, et ne vas pas dire
Comme en chanson : JE NE VEUX PAS.

Si le souci qui t'environne
T'éloigne de notre réduit,
Laisse au Luxembourg ta personne,
Mais que ta muse au moins nous donne
Le plaisir d'avoir ton esprit.

Acquittés envers leur patrie,
Cicéron et Cincinnatus,
Dans une retraite chérie,
A la nature enfin rendus,
Allaient, sous la voûte fleurie
Des berceaux de leur métairie,
Cacher leurs noms et leurs vertus.
Fais comme eux, si c'est ton envie,
Et si ta présence est ravie

Un jour à nos vœux superflus,
Tu fonderas un Prytanée
Dont la cohorte fortunée
Des buveurs fera ses élus.
Souviens-toi , chantre des Corinnes,
Qu'en nos annales purpurines
Ton nom célèbre s'est trouvé ;
Qu'ici par la reconnaissance
Et le Dieu qu'à Chypre on encense ,
En lettre rose il est gravé.

Pour diplôme prend cette épître,
Bonne ou mauvaise , elle suffit ;
Ton nom seul est ton meilleur titre,
Et nous en attendons le fruit.
Une société qui t'aime
T'a proclamé , malgré toi-même ,
Unanimement ROSATI.

Ainsi fait , le vingt et unième
Du mois où la rose a fleuri ,
L'an cinq où la paix a souri ,
Dans *Eden* dont la porte est close
A la haine , au chagrin obscur ,
Scellé de notre sceau de rose.
Et signé , NE VARIETUR.

Par C. MERCIER, de Compiègne.

JE NE VEUX PAS.

Air à faire.

D'où te vient cette fleur charmante ?
Elle est divine, elle m'enchante,
    Disait Lucas :
Donne-la moi, belle Thémire ;
--- Monsieur, cela vous plait à dire,
    Je ne veux pas.

--- Une fleur est si peu de chose !
Peut-on refuser une rose
    A son Lucas ?
Prends donc pitié de mon martire....
Mais elle s'obstinait à dire :
    Je ne veux pas.

Cependant Lucas par son zèle
Commençait à mettre la belle
    Dans l'embarras :
Lucas, dit-elle, je soupire ;
Mais ne croyez pas me séduire ;
    Je ne veux pas.

Lucas ne perdant point courage,
Prenait enfin tant d'avantage
    Sur ses appas,
Qu'à peine à la pauvre Thémire
Il restait la force de dire
    Je ne veux pas.

Mais on ne voulut point entendre
Un refus fait d'un air si tendre,
D'un ton si bas ;
La belle connut son délire
Quand il n'était plus tems de dire :
Je ne veux pas.

Belles ; de l'amant qui vous presse,
Voulez-vous augmenter l'ivresse
En pareil cas ?
Tout en faisant ce qu'il desire,
N'oubliez jamais de lui dire :
Je ne veux pas.

Carnot

LES DEUX GLYCÈRES.

Air : *Le connais-tu, ma chère Éléonore ?*

COMBIEN Glycère était simple et naïve,
Quand je la vis pour la première fois !
Un air sensible, une démarche vive,
Dès cet instant me soumit à ses lois.

Sein palpitant et timide prunelle,
Montraient un cœur tout prêt à s'enflammer ;
On y voyait ce trouble qui décèle
Et le besoin et la crainte d'aimer.

Un baiser pris faisait rougir Glycère,
Et pour deux jours me rendait satisfait ;
On disputait une faveur légère,
J'étais content d'un plaisir imparfait.

Tout est changé : Glycère, peu sauvage,
A mes desirs laisse prendre l'essor ;
On me permet de cesser d'être sage ;
Ce que je veux, je l'obtiens sans effort.

A chaque instant le mirthe me couronne ;
On me prévient dans le moindre desir,
A mes ardeurs Glycère s'abandonne ;
J'ai tout, enfin, excepté du plaisir.

Tous les matins, Glycère à sa toilette
Rougit encor, mais ce n'est qu'au pinceau ;
Et chaque jour, moins jeune et plus coquette,
Elle a besoin d'un ornement nouveau.

Ah ! ce n'est plus cette simple bergère
Qu'avec transport je pressais sur mon sein ;
Je desirais ; mais j'avais, ô Glycère !
Tant de plaisir à vous baiser la main.

SOPHIE ABANDONNÉE.

SUR mon visage une affreuse pâleur
  Hélas ! a remplacé la rose,
  De mes yeux abattus je n'ose
Fixer des traits flétris par la douleur.
   Viens au moins, pour me plaindre,
O toi, cruel, que je chéris toujours !
Hâte tes pas, car de mes tristes jours
  Le flambeau va bientôt s'éteindre.

Ciel , qui punis avec tant de rigueur
  Les cœurs sensibles et crédules !
  Tes vengeances sont-elles nulles,
Pour le parjure et pour le séducteur ?
   Viens au moins pour me plaindre, etc.

Peux-tu régner sur un plus tendre cœur !
  Peux-tu trouver meilleure amie ?
  Loin de ta fidèle Sophie
En vain, ingrat, tu cherches le bonheur.
   Viens au moins pour me plaindre, etc.

FANNY,

ou

CE QUE C'EST QUE D'AIMER.

Air: *Daigne écouter l'amant fidèle et tendre.*

FANNY chantait au bord d'une onde claire :
» Pour être heureuse, on dit qu'il faut charmer ;
» Qui me dira ce que c'est que de plaire ?
» Qui me dira ce que c'est que d'aimer ?

Tircis accourt d'une marche légère,
Car les échos venaient de l'informer
Que tout auprès il est une bergère
Qui veut savoir ce que c'est que d'aimer.

Fanny, dit-il, beauté touchante et pure,
Toi que le Ciel prit plaisir à former,
Seras-tu donc, dans toute la nature,
Seule à savoir ce que c'est que d'aimer ?

Vois les oiseaux qui peuplent ce bocage,
Dans leurs ardeurs entends-les s'exprimer :
Du tendre amour c'est là le doux langage ;
C'est là, Fanny, ce qu'on appelle aimer.

Sur ces rameaux, vois-tu ces tourterelles
Dans leurs ébats au plaisir s'animer,
S'unir cent fois, en agitant leurs ailes ;
C'est là, Fanny, ce qu'on appelle aimer.

Sans les connaître, adorable bergère,
Ces feux divins, tu sais les allumer ;
Vois les transports que tu causes, ma chère ;
C'est là, Fanny, ce qu'on appelle aimer.

Mais dans tes yeux il brille ce feu tendre :
Comme Tircis, Fanny sait s'enflammer ;
Ah ! tu comprends : cesse de t'en défendre,
Oui, tu comprends ce que c'est que d'aimer.

De mon bonheur laisse-moi voir le gage,
Dans ces beaux yeux qui voudraient se fermer ;
Quelle rougeur colore ton visage !
C'est là, Fanny, ce qu'on appelle aimer.

Petits oiseaux, célébrez ma victoire,
J'entends déjà les échos confirmer
De ma Fanny le bonheur et ma gloire,
En répétant : ah ! qu'il est doux d'aimer !

ROMANCE

ATTRIBUÉE A UNE RELIGIEUSE.

Air : *Je l'ai planté, je l'ai vu naître.*

QUELLE solitude profonde !
Parens, amis, j'ai tout quitté :
Entre toi, Fatime et le monde,
Un mot a mis l'éternité.

Il n'est plus pour toi de Fatime,
Vertueux et tendre Almanzor !
Ces murs, mes vœux me font un crime
Du trouble qui m'agite encor.

Divins autels, voûte sacrée,
Vous qui reçûtes mes sermens,
Au moins de mon ame égarée
Laissez-moi peindre les tourmens.

Le doux abandon de soi-même,
Le tendre épanchement des cœurs,
Offense ici l'Etre suprême,
Tandis qu'il les commande ailleurs.

Le souffle de ma triste vie
S'éteindra, sans être transmis,
Ici, l'existence est suivie
Du néant où Dieu nous a pris.

O vous ! qui de l'amour fidèle,
Chaque jour goûtez les douceurs ;
Prenez du moins pitié de celle
Qui n'en connut que les malheurs.

JAMAIS ET POURTANT,

Conversation avec Madame Gertrude.

Air : *Avec les jeux, etc.*

DITES-MOI, Madame Gertrude,
Fûtes-vous belle en votre temps ?
— *Jamais*, me répondit la prude.
La beauté perd les jeunes-gens.
Pourtant j'avais la peau tendue,
Mon œil n'était pas éraillé ;
Même on prétend que l'on m'a vue
Ayant l'air assez éveillé.

Dites-moi, madame Gertrude,
Eûtes-vous jadis quelqu'amant ?
Jamais, me répondit la prude ;
Aimer est un crime trop grand.
Pourtant, on n'était pas de glace,
Lindor a voulu m'en conter ;
Lindor avait beaucoup de grace,
J'eus peine à ne pas l'écouter.

Dites-moi, madame Gertrude,
N'a-t-il jamais su vous toucher ?
— *Jamais*, me répondit la prude,
J'appréhendais trop de pécher.
Pourtant, m'ayant, un jour de fête,
Demandé par grace un baiser,
Séduite par son air honnête,
Je ne sus pas le refuser.

Dites-moi, madame Gertrude,
Ne succombâtes-vous jamais ?
---*Jamais*, me répondit la prude,
Dieu sait la peur que j'en avais.
Pourtant, certain soir de carême,
Je l'appellai pour le prêcher ;
Mais il prêcha si bien lui-même,
Qu'il me fit, je crois, trébucher.

Dites-moi, madame Gertrude,
Avez-vous trébuché souvent ?
---*Jamais*, me répondit la prude,
Sinon dans ce fatal moment.
Pourtant, au bout de la journée,
Quand j'allais au bois sommeiller,
J'étais souvent toute étonnée,
Dans ses bras de me réveiller.

Dites-moi, madame Gertrude,
Trébucheriez-vous bien encor ?
---*Jamais*, me répondit la prude,
J'aimerais cent fois mieux la mort.
Pourtant, à quelque complaisance
S'il fallait pour vous consentir,
Je tâcherais avec décence
De contenter votre desir.

Dites-moi, madame Gertrude,
Du ciel est-ce là le chemin ?
---*Jamais*, me répondit la prude,
Je n'en connus de plus certain.

—— Ah ! votre bonté me pénètre ,
Répondis-je à ce propos là ,
Pourtant , si vous daignez permettre ,
Je me sauverai sans cela.

LES MŒURS DE MON VILLAGE.

Air : *Ce Mouchoir belle Raimonde.*

Autrefois , dans mon village ,
On en usait sans façon ;
Le bon ton , le bel usage ,
N'étaient connus que de nom.
Aujourd'hui dans notre asile
Les beaux arts ont pénétré ,
Et l'on est , comme à la ville ,
Elégant et maniéré.

Autrefois , dans mon village ,
On s'aimait tout bêtement ,
Et d'un joli persiflage
On ignorait l'agrément.
Mais , dans ce talent utile
De déchirer son ami ,
Presqu'aussi bien qu'à la ville ,
On réussit aujourd'hui.

On avait la bonhommie
Avec peu d'être content ,
On passait toute la vie
A rire et chanter gaîment.

Mais d'une joie inutile
On est fort bien revenu,
Et presqu'autant qu'à la ville
Le plaisir est inconnu.

On eut toujours la sottise
D'économiser ses biens,
Et chacun suivant sa guise,
Faisait valoir ses moyens.
On n'est plus si mal habile,
On mange ce qu'on n'a pas;
On jeûne comme à la ville,
Pour donner de grands repas.

Chacun allait le dimanche
Ecouter notre curé;
Tout vieillard à grande manche,
Tout docte était révéré.
Aujourd'hui sur l'évangile
On raisonne en avocat,
Et, de même qu'à la ville,
Chacun veut régler l'état.

D'un amour de tourterelle
On languissait tristement;
C'était assez d'être belle,
Pour captiver un amant.
Aujourd'hui, c'est inutile,
On calcule beaucoup mieux;
Et l'or, tout comme à la ville,
L'emporte sur les beaux yeux.

En hibou, dans nos ménages,
Chacun faisait ses enfans ;
Les femmes étaient sauvages,
Les maris récalcitrans.
Aujourd'hui tout est docile
Au bon vouloir des amans,
Et presqu'autant qu'à la ville,
Les époux sont complaisans.

La timide pastourelle
Ignorait le nom d'amour,
N'osait lever la prunelle
Et travaillait tout le jour.
Maintenant, elle est subtile,
S'enflamme à commandement,
Et sait, tout comme à la ville,
Vous aimer pour votre argent.

Mes amis, s'il est possible,
Rappellons sous ces berceaux,
Le bonheur pur et paisible
Qu'on goûtait dans nos hameaux.
Respirons un air tranquille,
Vivons en bons ROSATI,
Et reléguons à la ville
Les chagrins et le souci.

COUPLETS BACHIQUES,

Chantés à la Fête des Roses.

Air Nouveau.

Buvons outre mesure
Aux enfans d'Epicure,
Buvons à tous les fous :
Messieurs les raisonnables,
Allez à tous les diables,
Ou trinquez avec nous.

Bien mieux que la physique,
Notre système explique
La foudre et ses carreaux.
Quand vous croyez qu'il tonne,
C'est que Bacchus entonne
Du vin dans ses caveaux.

Noé, ce joyeux père
Qui montrait son derrière
Quand il avait bien bu,
Valait sur ma parole,
Cent fois mieux que le drôle
Qui rit de l'avoir vu.

Vous avez lu peut-être
Que la Grèce vit naître
Le docte Anacréon.
Moquons-nous de l'histoire,
Il vaut beaucoup mieux croire
Qu'il était Bourguignon.

Hyppocrate radotte,
Et sa faculté sotte,
En parlant du mousseux.
Nargons leur botanique,
C'est une politique
Pour boire tout entre-eux.

Ame de la folie,
Doux charme de la vie ,
Remède à tous les maux ;
Il porte l'allégresse,
Guérit de la sagesse ,
Et purge nos cerveaux.

Pour triompher des belles,
Pour dompter les cruelles,
Avalez du vin vieux.
Dans l'amoureux mystère
Nous ferions de l'eau claire
Sans ce présent des Dieux.

Chantant ribon-ribaine ,
Le bonhomme Silène
D'un grand verre nanti,
Buvait comme une éponge ,
Et valait, sans mensonge,
Le plus franc ROSATI.

Mais du Ciel empyrée
La cohorte sacrée
Sourit à mes accords ;
Je vois, loin de ce monde,
Les Dieux, en table ronde,
Partager nos transports,

Carnot

CHANSON BACHIQUE.

Air nouveau.

Mes amis, le vrai sage
Est celui qui boit bien ;
La joie est son partage,
Il ne desire rien.
Dans la machine ronde
Seul il voit tout en beau ;
Il n'a dans ce bas monde
D'autre ennemi que l'eau.

Franchise et bonhommie
Sont les enfans du vin ;
Des peines de la vie
Il délivre soudain.
Par son divin prestige
Il sait me rendre heureux :
La vérité m'afflige
En désillant mes yeux.

A la meilleure tête
Préférons un bon cœur;
Qu'est-il de plus honnête
Que l'ame d'un buveur ?
Jamais la noire envie
N'y versa son poison :
Mensonge et perfidie
Sont fruits de la raison.

F I N.